Heinrich von Treitschke

Die Zukunft der norddeutschen Mittelstaaten

Antigonos

Heinrich von Treitschke

Die Zukunft der norddeutschen Mittelstaaten

Unveränderter Nachdruck der Originalausgabe von 1866.

1. Auflage 2024 | ISBN: 978-3-38637-082-0

Antigonos Verlag ist ein Imprint der Outlook Verlagsgesellschaft mbH.

Verlag: Outlook Verlag GmbH, Zeilweg 44, 60439 Frankfurt, Deutschland, info@outlook-verlag.de
Vertretungsberechtigt: E. Roepke, Zeilweg 44, 60439 Frankfurt, Deutschland
Druck: Libri Plureos GmbH, Friedensallee 273, 22763 Hamburg, Deutschland

Die Zukunft

der

norddeutschen Mittelstaaten.

Von

Heinrich von Treitschke.

Berlin.
Druck und Verlag von Georg Reimer.
1866.

Es gab eine Zeit, da die Ideen der französischen Demokratie die deutsche Welt beherrschten, und jene raschen, glücklichen Straßenschlachten, welche in der herrschenden Hauptstadt eines centralisirten Staates das Schicksal des Landes entschieden, bei uns als die Urbilder glorreicher Revolutionen galten. Das jüngste Jahrzehnt hat uns belehrt, daß die großen Staatsumwälzungen gesitteter Völker sich in der Regel durch andere Mittel, durch geordnete militärische Kräfte vollziehen. Das Königreich Italien ward durch die Heere Frankreichs und Piemonts gegründet, und Garibaldi's kühner Zug gen Süden wäre ein vermessenes Abenteuer geblieben, wenn nicht hinter seinen kühnen Freischaaren schirmend und stützend die organisirte Macht des piemontesischen Staates gestanden hätte. Sogar in Nordamerika, wo die Freiheit des Einzelnen Alles, die Macht des Staates nichts zu sein schien, wurde der Neubau der Union bewirkt durch einen geregelten Krieg, durch die Wucht einer sich energisch aufraffenden Staatsgewalt. Auch die deutsche Revolution, darin wir heute gehobenen Herzens mitten inne stehen, erhielt ihren Anstoß von oben, von der Krone Preußen. Ja, während in Italien und Amerika die Staatsgewalt getragen und getrieben ward von den hochgehenden Leidenschaften des Volks, bieten unsere Kleinstaaten heute das niederschlagende, in der Geschichte fast einzig dastehende Schauspiel einer Nation, welche sich die Entscheidung ihres Schicksals schier willenlos über den Kopf hinwegnehmen läßt.

In der Ferne, wo man den dürftigen Lärm des kleinen deutschen Parteigezänks nicht hört und nur den majestätischen Donnerhall von den Schlachtfeldern Böhmens vernimmt, würdigt man besser als bei uns daheim die Größe dieser einzigen Tage. Von den Rednern des englischen Parlaments mögen wir lernen, was es bedeutet, daß dies alte waffengewaltige Deutschland endlich wieder die gebührende Stellung einnimmt unter den Staaten, daß Preußens Waffen Deutschland neugestalten und Venetien für Italien erobern, daß nicht mehr Frankreich oder Rußland die Geschicke des Festlandes bestimmt, sondern ein wirkliches Gleichgewicht der Mächte, wie einst vorübergehend durch das Genie Friedrich's des Großen, so nunmehr auf die Dauer durch die Kraft des zu seinen Jahren gekommenen preußischen Staates hergestellt ist. In Deutschland hat allein das preußische Volk den Ernst der Zeit verstanden. Die Thaten des Heeres haben endlich, endlich jenen alten preußischen Stolz wieder wachgerufen, der fast vergessen schien in einer langen öden Zeit inneren Habers. Politische Gegner wirken zusammen in patriotischer Arbeit, weithin im Volke regt sich der Geist dankbarer, freudiger Zuversicht, wie einst, da der Dichter nach dem Tage von Leipzig sang: „o Tag des Sieges, Tag des Herrn, wie feurig schien dein Morgenstern!" Aber feste, klare Meinungen über die deutsche Verfassung, welche diesem Kriege entspringen soll, sind erst im Werden; die Presse hat noch kaum Zeit gefunden die ausgefahrenen Geleise der alten Parteikämpfe zu verlassen und sich einzuleben in den bewegten Tagen, welche die Grenzen aller Länder in's Wanken brachten. In den Kleinstaaten waltet eine Stimmung der Gemüther, welche den Patrioten mit Trauer erfüllen muß. Auch warmherzige Deutsche stehen noch verwirrt vor diesem großen Wandel der Zeiten, wie das Kind am Weihnachtstische, das so viel Herrlichkeit nicht fassen kann. Bei Anderen regt sich grämlich jener deutsche Doctrinarismus, der dem Herrgott nie verzeiht, daß seine Wege nicht die unseren sind. Die Masse vermag noch kaum sich emporzuraffen aus jener behaglichen Verzweiflung und patriotischen Verdrossenheit, welche allzulange die politische Alltagsstimmung des deutschen Liberalen bildeten.

Es wäre ungerecht, diesen Kaltsinn der Nation allein aus der verschrieenen politischen Unfähigkeit der Deutschen zu erklären. Der Anstoß zu der deutschen Einheitsbewegung konnte in der That nur von der Krone Preußen ausgehen; denn nur sie empfand am eigenen Leibe die unseligen Folgen jener Bundesverfassung und jener sinnlosen Länderzertheilung, welche vor fünfzig Jahren Deutschlands Feinde über uns verhängten. Sie sah täglich, stündlich ihre gerechtesten Pläne durchkreuzt und gehemmt durch Oesterreichs Herrschsucht, durch Neid und Uebermuth der kleinen Bundesgenossen; sie ward angefeindet von ihrem eigenen Volke, weil sie ihm eine schwere Steuerlast und Wehrpflicht auferlegen mußte, welche, bei einer halbwegs brauchbaren Verfassung des Bundes, auf die Schultern der gesammten deutschen Nation vertheilt und mit Leichtigkeit getragen werden konnte. Der Einfluß Oesterreichs drückte auf alle gesunden Glieder der Nation so lähmend und entsittlichend wie nur je eine Fremdherrschaft; doch da er sich nur auf Umwegen, durch den Bundestag und die kleinen Höfe, äußerte und das Donaureich auch einige deutsche Stämme unter seinem Scepter vereinigt, so konnte sich in der Masse des Volks, welche die Fragen der Macht und Einheit ohnehin kaum versteht, ein nachhaltiger Nationalhaß wider die Fremdherrschaft des Hauses Lothringen nicht bilden. Vollends in den Kleinstaaten blieb die Begeisterung für Deutschlands Einheit rein theoretisch. Man rühmte sich dessen, daß der heimische Kleinstaat im bequemen Stillleben weiter schlenderte, man verhöhnte die Preußen um der Lasten willen, die sie für uns Alle trugen; und wenn dem preußischen Staate trotz des Bundestages und der kleinen Höfe einmal eine nationale That gelang, wie die Gründung und die Reform des Zollvereins, so dankte man Gott und schimpfte auf Preußen.

Aber wenn der Anstoß zu dieser Einheitsbewegung nur von der preußischen Regierung ausgehen konnte — jetzt endlich wird es Zeit, daß die Nation selbstthätig vollenden helfe, was die Krone Preußen und ihr Heer begonnen. Ein frischer Wind aus Norden braust über die trägen Gewässer unseres staatlichen Lebens und läßt sie in hohen Wogen gehen; glänzende Ziele, die vor wenigen Wochen auch dem träumerischen Schwärmer unerreichbar schienen, stehen greifbar vor uns in nächster Nähe. Es ist ein Augenblick, so groß, so verheißungsvoll, wie kein zweiter in unserer Geschichte. Zum ersten Male seit vierhundert Jahren steht Deutschland frei von unheimischen Gewalten, heut erst wissen wir, was dieses Preußen für Deutschland bedeutet. Finden wir in solcher Stunde nicht den Muth zum Handeln, dann wahrlich verdienen wir die Knechtschaft. Gewiß, der Frieden, welcher diesen Act der deutschen Revolution beendigen soll, wird nach dem Ermessen der Cabinette geschlossen werden; seine Bedingungen werden großentheils sich richten nach der Gunst der europäischen Lage. Doch ein internationaler Vertrag kann nur die leichten Umrisse zeichnen für den Neubau unseres heimischen Staats; die Vollendung des Werks fällt den lebendigen Kräften der Nation anheim. Die Rückkehr der österreichischen Vasallen auf ihre italienischen Throne wurde im Züricher Frieden ausbedungen; sie erfolgte nicht, weil der einmüthige, thatkräftige Wille der Nation sein festes Nein sprach und dieser volksthümliche Instinkt mit den Interessen und Hoffnungen des Turiner Hofes zusammenfiel. Deutschland hat noch weniger als Italien den Widerstand des Auslandes zu fürchten, sobald die Nation den ernsten Willen zeigt, ihr Schicksal selbst zu bestimmen. Mit jenem Heere, das in Böhmen schlug, sind wir Mannes genug unser Hausrecht zu wahren. Die aufbringlichen Versuche der Fremden unsere Zersplitterung aufrecht zu erhalten, entspringen ja lediglich dem Glauben, daß die Lust zu gehorchen und zu dulden, zu verzeihen und zu verehren in unserem Volke unerschöpflich sei. Es gilt zunächst, daß sich klare, wohlbegründete Meinungen bilden zum mindesten über einzelne Fragen, die wie Bergkuppen aus dem dichten Nebel, der unsere Zukunft verhüllt, emporragen. Unter diesen für die nächste Zeit wichtigsten Fragen steht in erster Reihe das Schicksal von Sachsen, Kurhessen und Hannover. —

———

Als gesichertes Ergebniß der Siege in Böhmen kann vorderhand nur dies Eine gelten: die Länder nördlich des Maines werden ein mit Preußen eng verbundenes Gemeinwesen bilden, und je fester, lebenskräftiger dieser norddeutsche Bund sich gestaltet, um so zuversichtlicher dürfen wir hoffen, zur rechten Stunde auch den Süden in das neue Deutschland aufzunehmen. Das Verhältniß Preußens zu jenen norddeutschen Kleinstaaten, welche im Kriege treu zu ihm hielten, bietet keine wesentlichen Schwierigkeiten. Nach den Erfahrungen der jüngsten Wochen können diese kleinen Höfe sich der Einsicht nicht verschließen, daß die Unterordnung unter Preußens militärische und diplomatische Führung nicht ein Opfer ist, sondern eine Gewähr für den eigenen Besitzstand. Wie verhängnißvoll einem Kleinstaate eine selbständige auswärtige Politik in großen Tagen wird, zu welchem schmachvollen Vaterlandsverrathe sie führt, das hat das Schicksal der österreichischen Vasallen zur Genüge gelehrt, davon gab noch jüngst der Aufenthalt des Herrn v. Beust in Paris ein Zeugniß. Ebenso deutlich hat diese wilde Zeit bewiesen, daß allein ein Staat im Stande ist die Wehrkraft eines Volkes zu entwickeln. Die Rheinländer, deren kriegerische Kraft Jahrhunderte lang unter der weichen Herrschaft des Krummstabes fast erstorben schien, standen auf den Schlachtfeldern Böhmens ebenbürtig neben den alten Regimentern des großen Kurfürsten, den kriegsgewohnten Söhnen der Marken. Zu welcher armseligen Rolle dagegen waren die Hessen verurtheilt — sie, deren alter Soldatenruhm manches herrliche Blatt unserer Geschichte füllt, deren blindes unentwegtes Draufgehen auf den Feind schon das Sprichwort unserer Väter von den „blinden Hessen" rühmend anerkennt! Nicht der militärische Muth dieses Stammes ist gesunken, aber ihm fehlt der Segen des Staats. Im Anschlusse an einen wirklichen Staat haben die Bataillone von Detmold und Gotha Treffliches geleistet. Die Fürsten der norddeutschen Kleinstaaten sind von Altersher gewohnt, in der Jugend im preußischen Heere zu dienen, auf dem Throne den Wendungen der preußischen Politik zu folgen. Die Masse der Bevölkerung, die noch mit einiger patriarchalischer Freude

ben angestammten Herren anhängt, nimmt ohne das Gefühl der Demü-
thigung die Abhängigkeit von Preußen als eine Nothwendigkeit hin; und
da man heute in schweren Tagen redlich zusammengehalten hat, so wird
auch in der Zeit des Friedens ein Band des Wohlwollens und der Treue
die Krone Preußen und ihre kleinen Bundesgenossen umschließen. Sicher-
lich, solcher Zustand befriedigt den Idealisten nicht; selbst der unpraktische
Sinn der deutschen Staatsrechtslehrer wird dies Verhältniß halber Unter-
werfung nicht leicht in der Kategorie des Bundesstaats unterbringen
können. Es ist und bleibt unvernünftig, daß auch fernerhin in den Kleinstaaten ein Ministerium und eine Schaar von Mittel- und Unterbehörden
Geschäfte besorgen sollen, welche in Preußen ein Landrath erledigt; ein
Blick auf die wunderlichen Grenzen Mitteldeutschlands genügt, um den
Denkenden zu überzeugen, daß diese Staatsbildungen einer Zeit, die gewesen, angehören. Kurz, Norddeutschland steht auf dem Uebergange zum
Einheitsstaate. Darum können wir doch nicht einstimmen in den tadeln-
den Ruf der Heißsporne: warum hat Preußen nicht kräftiger aufgeräumt
unter diesen verlebten Staaten? Die Krone Preußen ist durch unabweis-
liche Rücksichten der Billigkeit und des Anstandes gezwungen, die Gefühle
ihrer treuen Bundesgenossen zu schonen; und gegen die Souveränetät in
dem alten deutschen Bunde ist die Unterordnung unter Preußen immerhin
ein erfreulicher Fortschritt. Wir aber sollen der Lebenskraft der Nation
vertrauen, wir sollen hoffen und daran arbeiten, daß die Ueberzeugung
von der Unmöglichkeit der Kleinstaaterei, bisher nur in wenigen Köpfen
lebendig, endlich auch in die Massen bringe und dergestalt in einer nahen
Zukunft eine einfachere, dauerhaftere Verfassung unseres Nordens möglich werde.

Weit schwieriger ist Preußens Stellung zu den occupirten Staaten
des Nordens. Alle großen Föderationen der Geschichte sind aus Unab-
hängigkeitskriegen hervorgegangen. In dem gemeinsamen Kampfe um nationale Unabhängigkeit bildet sich am Leichtesten jene treue eidgenössische
Gesinnung, welche durch Ermahnungen und Verbrüderungsfeste nicht er-
künstelt werden kann, und für die Haltbarkeit eines Bundes wichtiger ist
denn die weisesten Verfassungsparagraphen. Verdienste in solchem Kampfe
erworben, geben auch den schwächeren Bundesgenossen ein Unterpfand,
daß seine Selbständigkeit geachtet werde. Auch Deutschlands neue Verfassung wird ihren Ursprung einem Kriege um nationale Unabhängigkeit
danken; aber die Fürsten von Hannover, Sachsen, Hessen standen im
Lager des Unterdrückers, und es erhebt sich die Frage, ob Deutschland

sich abmühen solle an einer politischen Quadratur des Cirkels, an dem noch in keinem anderen Volke gewagten Versuche, besiegte Feinde, unglück= liche Vasallen der Fremdherrschaft als gleichberechtigte Bundesgenossen zu behandeln?

An einigen gänzlich ohnmächtigen Kleinstaaten mag dies wunderliche Experiment angestellt werden ohne ernstliche Gefahr für Deutschland. Der Herzog von Nassau hat seine Souveränetät verwirkt durch eine lange Mißregierung und durch ein auserlesen boshaftes, übermüthiges Verfahren wider Preußen; aber Deutschland wird nicht untergehen, selbst wenn jener nassauische Hauptmann mit seiner Kanone, seiner Magd und seinen sieben reisigen Hühnern wieder fröhlich einziehen sollte in die Marxburg, die Feste des Reiches Nassau. Auch die freie Stadt Frankfurt hat keinen begründeten Anspruch auf Fortdauer ihrer Selbständigkeit; die monarchische Strömung des modernen europäischen Völkerlebens ist dem Bestande kleiner Republiken ohnehin nicht günstig. Mit dem alten Bunde ist der einzige Grund ihres staatlichen Daseins verschwunden, und wie in dem Bundes= tage aller Krankheitsstoff unserer Staatsgewalten sich ansammelte, so war das Volksleben dieser Stadt, ein unerfreuliches Gemisch von demagogischer Zuchtlosigkeit und servilem Bankherrenthum, gleichsam ein Mikrokosmos der politischen Sünden unseres Volkes. Indeß ob der Frankfurter sich auch fürderhin einen Republikaner nennen darf, ob Herzog Bernhard Erich Freund und die Fürstin Caroline älterer Linie den Thron ihrer Väter wieder besteigen, das Alles sind Angelegenheiten dritten Ranges, sie treten zurück vor der Frage nach der Zukunft der drei mittelstaatlichen Höfe des Nordens. Wir sind uns bewußt, daß nicht Uebermuth und rohe Begehr= lichkeit uns die Feder führt; die wundervollen Erfolge der preußischen Waffen mahnen allzulaut den Neid der Götter zu fürchten. Aber auch die sentimentale Warnung, das Unglück des Besiegten zu ehren, darf uns nicht schrecken. Wenn jene Höfe einst wirklich besiegt sind, wenn sie dem Vaterlande nichts mehr schaden können, dann erst kommt die Zeit ihre Sünden mit einem wohlthätigen Schleier zu bedecken. Scharfe, besonnene Prüfung der Thatsachen führt zu dem Ergebniß: jene drei Dynastien sind reif, überreif für die verdiente Vernichtung; ihre Wie= dereinsetzung wäre eine Gefahr für die Sicherheit des neuen deutschen Bundes, eine Versündigung an der Sittlichkeit der Nation.

Die drei Länder sind erobert in gerechtem Kriege, denn niemals ward die langmüthige Macht von prahlerischer Ohnmacht anmaßender heraus=

geforbert. Die vertriebenen Fürsten halten noch heute mit unbelehrbarer
Hartnäckigkeit die Feindschaft gegen Preußen fest. Der landflüchtige Kö=
nig Johann läßt seine Truppen in der Fremde wider Preußen fechten,
und während seine Landescommission die Sachsen ermahnt zur Ergebung
in die neuen Zustände, vertröstet er in geheimen Ansprachen seine Unter=
thanen auf die glücklichen Tage der Rückkehr. König Georg hat capitu=
lirt, doch sein Gesandter tagt noch immer in dem Rumpfbundestage, dem
Kriegsrathe wider Preußen. Der Kurfürst von Hessen hat seine Freiheit
wie sein Land verloren, und dennoch kämpfen seine Truppen auf seinen
Befehl noch in den Reihen der Reichsarmee. Die drei Länder sind be=
setzt bis auf das letzte Dorf, darum steht, nach einem tausendjährigen
Satze des Völkerrechts, dem Eroberer die Befugniß zu, darüber zu ver=
fügen des alten Landesherrn ungefragt. Die vertriebenen Fürsten mögen
protestiren, sie mögen sich weigern die Beamten des Eides zu entbinden
— und wie wir sie kennen, trauen wir ihnen zu, daß sie gleich den ita=
lienischen Erzherzögen ihre Gewalt über die Gewissen der Staatsdiener
schnöde mißbrauchen werden: — alle diese Proteste und Klagen sind recht=
lich nichtig. Wenn Preußen dies sein unzweifelhaftes Recht gebraucht, so
vollzieht es nur einen Wahrspruch, den das Gewissen der Nation längst
gefällt hat. Kein salbungsvolles Gerede der Legitimisten wird der moder=
nen Welt den Glauben rauben, daß den Rechten der Fürsten fürstliche
Pflichten gegenüberstehen — Pflichten, deren frevelhafte Verletzung den
Verlust des Rechtes nach sich zieht. Im deutschen Volke lebt noch seit
den großen Tagen unserer Kaiser die rechtliche Ueberzeugung, daß es ei=
nen höchsten Richter geben müsse für die Sünden unseres hohen Adels.
Und fehlt uns heute der Kaiser, der mit Acht und Aberacht die Verräther
am Reiche verfolgte — hier stehen fünfundzwanzig Millionen Deutsche ge=
schaart um die Krone der Hohenzollern, ihr gutes Schwert hat in Böh=
men gesprochen, und wer hat die Stirn den Richter zu schelten?

Mit der Beseitigung der kleinen Kronen vollzieht sich nur ein Act
der historischen Nothwendigkeit. Wer aus der Vergangenheit aller Natio=
nen Europas noch immer nicht gelernt hat, daß die Kleinstaaterei in ge=
reiften Culturvölkern keine Stätte hat und der Zug der Geschichte auf das
Zusammenballen großer nationaler Massen weist, dem müssen nach den
Erfahrungen dieser reichen Wochen endlich die Augen sich öffnen. Die
Hülle prahlerischer Phrasen, womit man so lange die Geheimnisse des
mittelstaatlichen Lebens verdeckte, ist durch das Schwert hinweggerissen,
und darunter tritt zu Tage — eitel Fäulniß und Moder. Es frommt

nicht, Blut und Schweiß der Lebendigen zu vergeuden, um die Todten aufzuwecken; das hat Preußen einst bitter genug erfahren, als sein tapferes Heer dem Hause Wettin die herabgefallene Krone wieder auf das Haupt setzte, als der Bundestag wieder auferstand aus dem Grabe, und Preußen in fünfzehn Jahren voll gehässiger diplomatischer Fehden die Früchte seines Kleinmuths erntete. Die Mittelstaaten sind wohl im Stande, ein gewisses schläfriges Behagen im Volke zu erregen, doch nicht eine wagende Hingebung, opferfreudige Staatsgesinnung. Keine Hand im Volke hat sich gerührt als die Preußen einrückten; nur die Armeen wagten etwas für die wankende Krone, aber auch in ihnen lebte nicht eine begeisterte Staatsgesinnung, sondern die Mannszucht und das militärische Ehrgefühl. Man lese die rohen Lieder, welche der k. k. Generalissimus in der Reichsarmee verbreiten ließ, und gestehe dann, ob der Geist, der diese Truppen gegen Preußen in's Feld führt, irgend etwas gemein hat mit den edlen Regungen der Seele, ob er etwas anderes ist, als ein allerdings tapferer Landsknechtssinn.

Und Staaten, so gänzlich verlassen von allen idealen Mächten, von dem lebendigen Glauben der Völker, sollen jetzt eine umfassende gesetzgeberische Thätigkeit beginnen? Die Mißstände, die dieser Krieg enthüllt hat, sind so schreiend; eine Reform an Haupt und Gliedern thut noth, wenn das restaurirte Kleinkönigthum auch nur den Schein des Lebens wiedergewinnen will. Wo denkt man die geistigen Kräfte für solches Werk zu finden? Alle halbwegs fähigen politischen Köpfe werden sich hüten ihre Arbeit an eine lecke Jolle zu vergeuden, derweil ihnen die Aussicht winkt auf dem stolzen Orlogsschiffe eines deutschen Staates nützliche Dienste zu thun. Wo auch nur die materiellen Kräfte? Man pflegt dem Eigennutze des Philisters das Schreckbild der preußischen Steuern und Militärlasten vorzuhalten, und doch liegt auf der Hand, daß in dem wiederhergestellten Sachsen und Hannover die Belastung des Bürgers schwerer sein muß als in Preußen. Der Sieger wird, wie billig, seinen boshaftesten und vorderhand noch zahlungsfähigen Feinden einen unverhältnißmäßigen Theil der Kriegskosten aufbürden. Auch der allgemeinen Wehrpflicht werden die restaurirten Mittelstaaten schwerlich entgehen. Eine gleichmäßige Regelung des Kriegswesens für alle Mitglieder des neuen deutschen Bundes, im Wesentlichen auf Grund jener preußischen Gesetze, welche sich in Böhmen erprobt haben, scheint unvermeidlich; erträglich ist die allgemeine Wehrpflicht für den gebildeten Mann allerdings nur dann, wenn er das stolze Bewußtsein hat, einem großen glorreichen Heere anzugehören.

Möge man in den Mittelstaaten wohl erwägen, wie man alle diese Lasten ertragen, wie man das verlorene Armeematerial, die verlorenen Wagenparks der Staatseisenbahnen und alle die unzähligen Einbußen, welche der Krieg gebracht hat und die nächste Zukunft leicht bringen kann, aus den Mitteln eines verkleinerten Kleinstaates ersetzen will. Denn daß die vertriebenen Kleinfürsten ihr Gebiet nicht ungeschmälert zurückerhalten können, scheint unzweifelhaft. Nach solchen Erfolgen ist der Sieger berechtigt, zum Allerminbesten ein zusammenhängendes Gebiet zu fordern, die für eine Großmacht schlechthin unerträgliche Zersplitterung seiner Provinzen zu beseitigen. Wenn Preußen etwa den Leipziger Kreis, das Successionsrecht in Braunschweig und einen Theil von Hessen beanspruchte, so würde selbst die Mißgunst des Auslandes solche Forderungen bescheiden und selbstverständlich finden. Was aber wäre Sachsen ohne Leipzig, Hannover ohne die Georgia Augusta? Wie schwer würde die anmaßliche Königskrone, längst schon ein Spottgebilde in dem engen Raume, auf dem geschmälerten Lande lasten! Und soll dies Deutschland in der Mitte des neunzehnten Jahrhunderts den höhnenden Fremden nochmals das widerliche Schauspiel des Länderzerreißens und Seelenvertauschens bieten? Nichts hat den volksthümlichen Particularismus, den Neid und Haß gegen Preußen wilder aufgestachelt als die Theilung Sachsens. Wie oft haben unsere Liberalen in dem Lauenburger Handel das Schlagwort „Länderschacher" ausgespielt. Wenn diese gesinnungstüchtige Entrüstung etwas anderes war als eine Phrase, wohlan so mögen sie jetzt ihre ganze Kraft dafür einsetzen, daß durch vollständige Einverleibung der occupirten Länder der Länderschacher vermieden werde. Zerstörung alter gewohnter Verhältnisse und doch kein Neubau, harte politische Pflichten und doch kein Staat — das sind Zustände, die nicht leben und nicht sterben können. Dazu eine Abhängigkeit von dem großen Nachbarn, die einem Volke von einigem Selbstgefühle unerträglich werden muß. Es leuchtet ein, daß der Berliner Hof die besiegten Feinde härter behandeln muß als die treuen Genossen, er wird die Höfe von Dresden und Hannover, wenn sie je wiederkehren, so zu sagen unter polizeiliche Aufsicht stellen. Wenn der Detmolder oder Waldecker, an mikroskopische Verhältnisse gewöhnt, solche Abhängigkeit jetzt noch geduldig hinnimmt — der Sachse, der Hannoveraner schaut auf eine etwas größere Geschichte zurück, er kann nicht wünschen, ein Preuße zweiter Klasse zu sein, wie das triviale und doch treffende Witzwort sagt.

Gelingt dagegen die Einverleibung der occupirten Länder in den preußischen Staat, so ist der sittliche und wirthschaftliche Gewinn für beide Theile zweifellos. Es wird die höchste Zeit, von diesen gewaltigen Tagen zu lernen und alle jene hergebrachten Beschönigungen des sogenannten berechtigten Particularismus über Bord zu werfen, die sich bei scharfer Prüfung lediglich erweisen als ein ungeheuerer Schwindel. Was man uns anpries als deutsche Freiheit und Selbstbestimmung, das war in Wahrheit die Vielherrschaft, und diese Herrschaft der vielen kleinen Höfe lastete, trotz aller constitutionellen Formen, trotz alles Buhlens um die Gunst des Haufens, so allmächtig, so despotisch, daß das Volk der Kleinstaaten durchaus kein Mittel besaß, den frevelhaften Krieg gegen Preußen zu verhindern. Was man uns schilderte als die deutschen Stämme, das sind in Wahrheit Bruchstücke von dem alten Reiche unsres Volkes, durch Heirath, Tausch und Krieg, durch die tausend Zufälle einer wirrenreichen Geschichte in der Hand eines Fürstenhauses vereinigt und durch eine systematisch verderbte Volkserziehung erfüllt mit dem Neide gegen den Nachbarn, mit dem Aberglauben, das Bruchstück sei ein Ganzes. Die historischen und ethnographischen Gründe, welche der Particularismus mit Salbung vorzutragen liebt, sind in der That so jämmerlich, daß ein benkender Mann sich schämen muß sie zu widerlegen. Wenn der Obersachse in Eilenburg und Torgau sich stolz und glücklich fühlt als preußischer Bürger, so wird auch der Obersachse von Wurzen und Leipzig sich leicht an die preußische Herrschaft gewöhnen; und wenn sogar die hohenzollernschen Schwaben in harter Zeit treu und tapfer zu Preußen hielten, so wird auch der hannoversche Westphale sich darein finden, jenem Staate anzugehören, dem der preußische Westphale so viel Wohlfahrt dankt.

Preußen bedarf einer gesicherten Südgrenze gegen den unversöhnten Feind an der Donau, es bedarf eines ausgedehnten Küstenstrichs, nicht blos einzelner Häfen an der Nordsee. Noch überwiegen in Preußen einseitig die binnenländischen und die Ackerbauinteressen; ein Glück für den Staat, wenn die hochentwickelte Industrie von Sachsen und die oceanischen Küstenstriche von Hannover in sein Gemeinwesen eintreten. Das Parteitreiben in Preußen ist verhärtet und mannichfach verquickt mit gehässigen persönlichen Leidenschaften, seit ein langer Verfassungskampf die Aufmerksamkeit des Volks einseitig auf die Form des Staats gelenkt, die Presse und der liberale Mittelstand sich an den Terrorismus der Fortschrittspartei gewöhnt, die abhängigen Elemente der Gesellschaft sich der conservativen Partei unterworfen haben. Eine Verjüngung des Parteilebens thut noth, sie wird am sichersten erfolgen, wenn neue unbefangene

politiſche Kräfte, die erprobten Streiter aus Kurheſſen und Hannover, in
den Kampfplatz eintreten. Der Staat wird, gekräftigt durch dieſe neuen
Elemente, in einem freieren größeren Zuge des Lebens ſich bewegen.

Die berechtigten Eigenthümlichkeiten der neuen Provinzen können und
werden geſichert werden. Preußen iſt ſchon heute ein wenig centraliſirter
Staat, weit minder einheitlich verwaltet als ſelbſt das junge Königreich
Italien. In dem Privatrechte, dem Gemeinweſen, in vielen andren
wichtigen Inſtitutionen bewahren die preußiſchen Provinzen weſentliche
Unterſchiede, und je breiter und kräftiger die natürliche Grundlage der
Staatsmacht ſich geſtaltet, deſto weniger wird Preußen das Bedürfniß
fühlen, ſeine Kraft durch Centraliſation künſtlich zu verſtärken. Das Ber-
liniſche Weſen herrſcht weder am Rhein, noch in Schleſien, eine Alles
verſchlingende Hauptſtadt iſt in Deutſchland bei der wuchernden Fülle ſeines
Individualismus undenkbar. Als preußiſche Bürger werden die Hannoveraner und Sachſen ſehr bald entdecken, wenn ſie das von dem erheben-
den Schauſpiele des preußiſchen Patriotismus in dieſem Kriege noch immer
nicht gelernt haben, daß das Herz des Mannes reicher und beſſer wird,
wenn er ein Vaterland hat, ein wirkliches und wahrhaftiges Vaterland,
dem wir leben und dienen, nicht blos ein Vaterland in den Wolken, dem
wir beim Mahle den vollen Becher weihen. Namentlich für Sachſen wäre
der Eintritt in den preußiſchen Staat nichts Geringeres als der erſte Anfang eines öffentlichen Lebens. Was dort von tüchtigen politiſchen Kräften
lebt, hat ſich von den lächerlichen Landtagen Beuſtiſcher Erfindung längſt
angeekelt zurückgezogen.

Der ſichere Blick der Leipziger und Chemnitzer Geſchäftswelt hat
längſt begriffen, daß die materiellen Intereſſen in einem Großſtaate auf
die Dauer nicht Noth leiden können. Eine hannoverſche Schleußenpolitik,
eine ſyſtematiſche Vernachläſſigung der Verkehrsintereſſen einer ganzen
Landſchaft um einer fürſtlichen Laune willen iſt in Preußen unmöglich;
auch das iſt unmöglich, daß in Preußen der Bau einer Eiſenbahn aus
Rückſicht auf die kurfürſtlichen Faſanen unterbleiben könnte. Selbſt die
drei Reſidenzen werden als preußiſche Provinzialſtädte nicht weſentlich verlieren. In Caſſel hat der Hof den Handel und Wandel geradezu ge-
ſchädigt; unentbehrliche induſtrielle Unternehmungen wurden verboten, weil
der Kurfürſt die Gefahren einer Fabrikbevölkerung fürchtete. Von jenem
edlen geiſtigen Luxus, den ein Hof gemeinhin um ſich zu verbreiten pflegt,
war nichts zu ſpüren; erſt die preußiſche Verwaltung hat ſoeben den Be-
wohnern den Zutritt zu den fürſtlichen Kunſtſammlungen eröffnet. Weit

mehr verdankt die Stadt Hannover ihrem Hofe; doch ist hier seit dem
Eintritt in den Zollverein eine selbständige Großindustrie aufgeblüht, diese
würde unter preußischer Herrschaft gewinnen, was das Kleingewerbe vielleicht verlieren wird. Dresden endlich ist ein großer Badeort, eine Ru-
hestätte für Pensionäre und reiche Fremde, welche der Reiz der Natur
und der Kunstschätze anzieht. Der Hof hat für die Blüthe der Stadt
Dankenswerthes geleistet in den glücklichen ersten Regierungsjahren Friedrich
August's II., als Semper, Rietschel und Hähnel von fürstlicher Großmuth
unterstützt ein schönes Schaffen entfalteten. Unter König Johann hat der
Hof für die Kunst nahezu nichts gethan. Und sollten ja einige Hofliefe-
ranten unter dem Wegzuge des Hofes leiden: der sittliche Gewinn, den
die Stadt aus der Einfügung in einen wirklichen Staat ziehen muß, wäre
gerade für das weibische Dresdner Leben ganz unschätzbar. Ich habe
zwar einst in der sächsischen Vaterlandskunde gelernt, daß Deutschland
das Herz Europas, Sachsen das Herz Deutschlands, Dresden das Herz
von Sachsen sei. Nach längerer Bekanntschaft mit der Welt kommt jedoch
selbst ein Dresdner Kind zu der Einsicht, daß in jeder preußischen Pro-
vinzialhauptstadt mehr wirklich großstädtisches Leben herrscht als in dieser
innersten Herzkammer des Welttheils. Daß in einem gebildeten Volke
eine Stadt von 150,000 Einwohnern bestehen kann ohne eine Spur ernst-
haften Parteilebens, mit einer einzigen wenig gelesenen wirklichen Zeitung,
während die Mehrzahl der Bevölkerung ihre politische Weisheit schöpft
aus einem farblosen Moniteur und aus dem ordinärsten Klatschblatte deutscher Zunge — dies Bild eines schalen und schlaffen Philisterthums ist
vielleicht der glänzendste Beweis für die entnervenden Wirkungen der Kleinstaaterei. Wir werden den Tag segnen, da endlich einmal ein frischer
politischer Windzug in diese Stickluft fährt, da die Stadt hineingerissen
wird in die volle Strömung staatlichen Lebens und ihre Bürger gezwungen werden ernstere Fragen zu besprechen, als die Nebenbuhlerschaft von
Dawison und Devrient, von rothen und grünen Dienstmännern und die
läppischen Anekdoten über gnädige Aeußerungen der „Herrschaften."
Die Einverleibung in den preußischen Staat wird für alle gesunden,
arbeitenden Klassen des Volks ein reiner Gewinn sein. Darunter leiden
werden nur die unmittelbaren Umgebungen der kleinen Höfe, der kleinere,
unfähige Theil des Beamtenthums (denn die Mehrzahl der mittelstaatlichen Beamten ist sehr wohl im Stande den strengen Anforderungen zu
genügen, welche Preußen an seine Diener stellt), der arme Adel, der in
den zahlreichen Sinecuren der Kleinstaaten willkommene Versorgung für

seine unbrauchbaren Söhne fand, endlich — last not least — die Eitel=
keit und Rechthaberei des Professorenthums. Es ist ein Jammer, wel=
cher armselige Dünkel an den kleinstaatlichen Universitäten aufgewuchert
ist, wie diese Hochschulen, berufen dem ganzen Vaterlande hochsinnig zu
dienen, zu Brutstätten des erbärmlichsten Particularismus geworden sind.
Der correcte Göttinger Hofrath würde an seinem Gott verzweifeln, wenn
die Georgia Augusta nicht mehr den wohllautenden Namen führte „Juwel
in der Welfenkrone;" dem echten Leipziger Professor ist der Gedanke un=
faßbar, daß er aufhören soll eine „Perle im sächsischen Rautenkranze" zu
sein. Unbemerkt rauschen die brutalen Thatsachen der Geschichte an dem
geschlossenen Auge des Doctrinärs vorüber; wenn sie ihm grausam seine
Cirkel stören, so wird er verdrießlich und fühlt sich persönlich beleidigt.
Den Gebrauch, den Preußen von seinen Zündnadelgewehren gemacht hat,
kann er nicht billigen (so äußerte neulich ein berühmter Historiker und
Verehrer des Föderalismus); Sachsen ist ein „Staat," Preußen ist ein
Staat, folglich müssen sie zusammen einen Bundesstaat bilden; erst wenn
gewisse unwiderlegliche staatsrechtliche Paragraphen ein Gemeingut aller
Deutschen geworden sind, wird sich auf friedlichem Wege, durch recht=
lich=sittliche Mittel Deutschlands Verfassung neu gestalten. — Nein, schauet
sie mit hellen Augen an, die wundervolle Wirklichkeit, wie sie strahlt in
jugendlicher Lebenskraft und laßt Euch nicht bethören durch die Afterweis=
heit der Doctrinäre!

Was die Gerechtigkeit und die Interessen der occupirten Staaten
fordern, das wird auch geboten durch die Rücksicht auf die Selbsterhaltung
des neuen deutschen Bundes. Nach Allem was geschah halten wir für
schlechthin unmöglich, daß die vertriebenen Höfe je wieder ehrliche bundes=
treue Genossen Preußens werden können. Jener grimmige Haß gegen
den deutschen Großstaat, der aus den jüngsten Thaten dieser Cabinette
spricht, fällt nicht einzelnen Verblendeten zur Last, er war der letzte wider=
wärtige Ausbruch einer uralten Familienpolitik. Haß und Neid wider
Preußen war die Lebensluft, daran diese Höfe sich nährten, und bei der
Zähigkeit, womit vornehme Häuser ihren Familiencharakter festzuhalten
pflegen, kann nur ein Thor hoffen, solche Gesinnung je zu ändern.

Nächst dem Hause Habsburg hat kein anderes Fürstengeschlecht die
Jahrhunderte hindurch sich schwerer versündigt an der deutschen Nation
als das Haus der Albertiner. Ein gesegneter Gau in der Mitte des Va=
terlands, frühe schon bedeutend in den Tagen der Naturalwirthschaft
durch den Segen seiner Berge, die Wiege der Reformation, die führende

Macht des deutschen Protestantismus — so zukunftsreich stand Obersachsen da vor dreihundert Jahren, und wie tief ist es gesunken durch die erbliche Unfähigkeit, den trockenen Stumpfsinn seiner Beherrscher! Durch den Verrath an der Sache seines Glaubens, seiner Nation erwirbt Herzog Moritz den Kurhut, dann giebt der Judas von Meißen, wie das empörte Volk ihn nannte, die lothringischen Bisthümer den Franzosen preis und zertrümmert durch seine Rebellion die letzten Bande, welche das heilige Reich zusammenhielten. Es folgt der Augsburger Religionsfrieden, dies echte Probstück habsburgisch-albertinischer Staatskunst, lange von beflissenen Hoftheologen als ein Werk der Weisheit gepriesen, heute endlich von einer männlicheren Zeit erkannt als das was er war — als ein fauler Frieden, ein unmögliches Compromiß, die erste und letzte Ursache des dreißigjährigen Krieges. Während der mißhandelte evangelische Glaube, die Todesnoth der Niederlande, alle heiligsten Interessen der deutschen Nation zum Kriege gegen die spanischen Habsburger mahnten, schleppt der mächtigste Staat der deutschen Protestanten sein stillvergnügtes Dasein weiter, zur Freude des herrschenden Junkerthums und der fanatisch lutherischen Hofprediger, die in den streitbaren Calvinisten nur Ketzer sahen. Als dann in dem Kriege der breißig Jahre die unversöhnlichen Gegensätze allzu spät auf einander platzen, treibt Kursachsen würdelos herüber und hinüber zwischen den Kämpfenden.

Nachher, um dieselbe Zeit, da die junge norddeutsche Großmacht sich bildet, verleugnen die Albertiner ihren Glauben und ihr Volk, die neuen katholischen Polenkönige verprassen in sündlicher Verschwendung den Schweiß ihres deutschen Stammlandes. Die deutsche Dynastie wird ein Werkzeug jenes Deutschenhasses der Polen, der mit sicherem nationalen Instincte gegen Preußen, gegen den Schirmherrn der deutschen Nation im Osten, sich richtet. Ihre unfähige Begehrlichkeit trägt sich bald mit dem Plane Polen zu theilen, bald langt sie nach diesem oder jenem Fetzen deutschen Landes. Die deutsche Politik des Hauses hat schon vor nahezu hundert Jahren ein geistreicher englischer Diplomat mit dem Worte bezeichnet: la Prusse est sa femme, l'Autriche est sa maîtresse. Alle Bande der Pflicht und des Interesses verwiesen das Land auf Preußen, doch immer wieder zieht die Schwachheit der Natur, die Bigotterie, die polnische Politik den Hof in das österreichische Lager. Noch heute ist es nicht zulässig, diese unsauberen Erinnerungen als abgethane Dinge zu behandeln; denn soeben erst hat ein sächsischer Diplomat, Graf Vitzthum, sich erdreistet, in einer halbofficiellen Schrift das Ränkespiel der polnischen

Auguste als echt=deutsche Politik zu verherrlichen, einen Brühl als einen deutschen Staatsmann zu feiern und den großen Friedrich in den Koth zu reißen.

Unter Friedrich August folgt endlich ein leidlich rechtschaffenes Regiment und einige Reformen nach fridericianischem Muster. Aber als das heilige Reich zusammenbricht und Preußen die letzten Trümmer Deutschlands zu einem norddeutschen Bunde zu vereinigen sucht, weigert sich der albertinische Fürst, weil er sein „älteres, vornehmeres Haus“ den Hohenzollern nicht unterordnen mag und Napoleon ihn vor dem Ehrgeiz des nordischen Nachbars warnt. Alsbald nach der Schlacht von Jena ruft Friedrich August, den man in Sachsen amtlich den Gerechten nennt, seine Truppen von dem preußischen Heere zurück, läßt sie gegen Preußen fechten und empfängt im Frieden einige Provinzen seines treulos verlassenen Bundesgenossen. Während der folgenden Jahre sucht der sächsische Hof seine Unterwürfigkeit gegen Napoleon zu bewähren, indem er gegen das gedemüthigte Preußen einen kleinen Krieg gehässiger Chicanen eröffnet; so roh war der Cynismus dieses Verfahrens, daß selbst Graf Senfft, der spätere sächsische Minister, seinen Unwillen darüber in seinen Memoiren schonungslos ausspricht. Die Vergeltung kam, Preußen erwachte. Während König Friedrich Wilhelm das Tafelgeschirr Friedrich's des Großen in die Münze schickte und mit seinen Prinzen in das Lager ging, flüchtete der Albertiner sich und sein grünes Gewölbe nach dem Süden. So recht im Geiste jener maßlosen Selbstüberhebung, welche den deutschen Mittelstaat auszeichnet, erbietet er sich zur bewaffneten Vermittlung zwischen den kämpfenden Großmächten, und kaum hat Frankreich bei Großgörschen einen ersten Erfolg errungen, so steht er wieder im rheinbündischen Lager. Die Hoffnung auf Napoleon's Glück sollte diesmal trügen. Deutschland ward frei, der König von Sachsen sah sich verlassen von seinem eigenen Heere. Als nun Preußen das im gerechten Kriege eroberte Land behalten will, wissen die Brüder und Helfer des gefangenen Königs die alten Freunde Frankreich und Oesterreich zu gewinnen. Vor der Aussicht, daß Deutschland abermals um eines Rheinbundskönigs willen von französischen Heeren überschwemmt werde, weicht Preußen einen Schritt zurück und begnügt sich mit der Hälfte des Landes. Im Sommer 1815, derweil Millionen deutscher Herzen aufjubeln bei der großen Kunde von Belle=Alliance, hält der durch Frankreich wieder eingesetzte Vasall Napoleon's seinen Einzug in Dresden, und Niemand im Lande gedenkt, was dieser Mann an Deutschland gefrevelt hat.

In den folgenden anderthalb Jahrzehnten stockt das innere Leben des verstümmelten Königreichs vollständig; Urväterhausrath liegt seltsam, schwerfällig aufgehäuft in allen Winkeln des Staates. Das einzige Lebenszeichen, das dieser träge Körper von sich giebt, ist wiederum das alte Ränkespiel gegen Preußen. Wenn wir die diplomatische Correspondenz dieser Tage durchgehen, und im Einzelnen verfolgen, wie kleinlich, schwerfällig, händelsüchtig der Dresdner Hof die Grenzberichtigung mit Preußen in die Länge zog, mit welchem unanständigen Mißtrauen man den preußischen Gesandten, Herrn v. Jordan, behandelte, der, ein wohlwollender, auch durch Familien=Verhältnisse mit Sachsen eng verbundener Mann, von den wichtigsten Vorgängen am Dresdner Hofe ohne Kenntniß blieb und erst von Berlin aus darüber unterrichtet werden mußte — so fragen wir erstaunt, was in diesen erbärmlichen Händeln größer ist, die Langmuth Preußens oder die erfinderische Bosheit des kleinen Nachbarstaates. Als die wichtigste Aufgabe der sächsischen Staatskunst galt, die von Preußen versuchte Zolleinigung Deutschlands zu verhindern. Solchem Bestreben entsprang das Werk Hannovers und Sachsens, der mitteldeutsche Handelsverein, vielleicht die lächerlichste von allen Schöpfungen des particularistischen Neides. Nicht ein Zollverein mit gemeinsamen Zöllen ward gegründet, sondern lediglich ein Keil zwischen die preußischen Provinzen geschoben, die verbündeten Staaten verpflichteten sich nur, dem preußischen Zollvereine nicht beizutreten. Die Seele aber dieses Afterbundes, wie Stein ihn nannte, war kein schlechterer Mann als Bernhard v. Lindenau, in späteren Jahren Sachsens tüchtigster Minister — zum sichersten Beweise, daß die gehässige Feindschaft gegen Preußens deutsche Politik in dem Wesen des sächsischen Hofes begründet, nicht die Schuld einzelner Verirrter ist.

Mit der Regierung des Liebenswürdigsten der Albertiner, Friedrich August's II., kamen endlich bessere Tage, ehrenwerthe Reformen im Innern. Lindenau, von den alten Thorheiten geheilt, hielt jetzt treu zu Preußen, dem Zollverein verdankte die sächsische Volkswirthschaft ihre gesegnete Blüthe. Aber bald sollte unter diesem wohlwollenden Fürsten die wettinische Hauspolitik die unwürdigste ihrer Thaten wagen. Der Mai=Aufstand brach aus, die eine Hälfte der Armee stand außerhalb Landes, die Treue der anderen begann zu wanken. Der flüchtige König empfing die verlorene Hauptstadt aus der Hand preußischer Truppen zurück und trat in die Union mit Preußen, die er als den einzig möglichen Weg zur Einigung Deutschlands bezeichnete. Als die Preußen das Land verließen,

sprach das Wort: „Gottlob, daß sie fort sind," das wir damals hundert=
mal in militärischen Kreisen hörten, die einzige Empfindung der Gerette=
ten aus, und bald entdeckte Herr v. Beust, daß die Union gegen Preußen
der andere einzig mögliche Weg zur Einigung Deutschlands sei. Ohne
den Schatten eines Vorwandes fiel Sachsen von Preußen ab. Ein fri=
voler Staatsstreich, durch keinen Nothstand entschuldigt, warf die Landes=
verfassung über den Haufen. Sogar den Zollverein versuchte, mit dem
Fanatismus des Renegaten, Herr v. Beust zu sprengen; und als Graf
Walbersee seine treffliche Schrift über den Antheil der preußischen Trup=
pen an der Niederwerfung des Mai=Aufstandes herausgab, antwortete
Hr. v. Montbé im Auftrage der sächsischen Regierung mit einem Buche,
welches trotz seiner vorsichtigen Haltung lediglich den Zweck hatte zu be=
weisen, Sachsen sei sich selbst genug, die Hilfe des preußischen Retters,
die man bringend erfleht hatte, sei gar nicht nöthig gewesen.

Seitdem blieb der Hof der Albertiner ein Pfahl im Fleische des
preußischen Staats. König Johann ist unzweifelhaft der achtungswertheste
Mann unter den vertriebenen deutschen Fürsten; doch die begeisterten Lob=
sprüche, die man seinem Geiste zu spenden liebt, halten dem scharfen Blicke
nicht Stand. Mit einer Fülle gelehrter Kenntnisse ist er ein gewöhnlicher
Mensch geblieben, engen Herzens, unfrei, philisterhaft in seinem Urtheil
über Welt und Zeit; in dieser trockenen Seele regt sich nichts von jenem
hochherzigen, mäcenatischen Zuge, der seinen minder gelehrten Bruder so
liebenswerth erscheinen ließ. Wenn die unterthänigen Hofräthe des Juri=
stentags ihn in eleganter Abwechslung bald als den König unter den
Juristen, bald als den Juristen unter den Königen feierten, so bekennen
wir, daß uns die Früchte der Dresdener Hofjurisprudenz sehr wenig
Achtung abnöthigen. All' seine Kenntniß des corpus juris hat den Prin=
zen Johann nicht gehindert, den Staatsstreich des Herrn v. Beust zu
unterstützen und der Aufhebung der rechtmäßigen mecklenburgischen Lan=
desverfassung durch seinen getreuen Herrn v. Langenn zuzustimmen; und
die groben Rechtsverletzungen, womit der Bundestag sich seine letzten
Tage verkürzte, haben den warmen Beifall des rechtsgelehrten Königs ge=
funden. Sein politisches Urtheil war durch albertinischen Preußenhaß so
gänzlich getrübt, daß er, der rechtschaffene, sittenstrenge Mann, zum Werk=
zeuge eines frivolen, nichtigen Menschen, wie Herr v. Beust, herabsinken
konnte. Man erwarb aus preußischen Arsenalen jene gezogenen Ge=
schütze, die heute gegen Preußen spielen, man trat den Handelsverträgen
Preußens bei und ließ sich in seinen Hofblättern darum preisen, daß man

gnädig genug gewesen, diese Wohlthat für Sachsen aus Preußens Hän=
den anzunehmen. Inzwischen betrieb man in der Presse, am Bundestage,
an allen Höfen den Kampf gegen Preußen gehässiger denn je. In der
braven Armee nährte man geflissentlich den Preußenhaß; König Johann
selber entblödete sich nicht, mit seinem ersten Reiterregimente den Tag von
Collin zu feiern. Je mehr die Neigung des Volks sich der preußischen
Regierung entfremdete, um so eifriger warb der Dresdner Hof durch
wohlfeile Reden und Demonstrationen um die Gunst der Massen. Das
freundnachbarliche Verhältniß, das in Lindenau's Tagen bestanden hatte,
war gänzlich zerstört. „Wenn diese Menschen uns einen Nagel in's Gehirn
treiben könnten, so würden sie es thun," äußerte Graf Bismark um Mitte
März. Er hatte die Gesinnung der Albertiner nur allzuklar durchschaut.

Jedermann weiß heute, daß die große Dynastenverschwörung wider
Preußen am Eifrigsten von Dresden aus geschürt wurde. Ich habe selbst
gesehen, wie bereits am 17. März der Königstein mit neuen Geschützen
armirt war; und da diese Kanonen doch erst gegossen und hinaufgeschafft
werden mußten, so ist klar, daß der Kriegsplan wider Preußen spätestens
zu Anfang des Winters entworfen sein muß. Das Land ward preisge=
geben, das Heer schlug sich tapferer und geschickter als die Oesterreicher,
aber selbst in der Armee regt sich heute das unmuthige Gefühl, daß Hun=
derte braver Männer ihr Blut vergießen mußten für eine fremde, eine
schlechte Sache, daß es eine Schmach ist für deutsche Soldaten, wenn
das amtliche Wiener Blatt sie also bezeichnet: „Lauter Oesterreich er=
gebenes, allernützlichstes Volk!" König Johann ist aus freiem Entschluß
ein Vasall des Hauses Lothringen geworden. Mag er es bleiben und
als Standesherr in Böhmen ein sorgenfreies Leben führen; seine Kron=
schätze sind ja gerettet. In dem neuen Deutschland ist für österreichische
Vasallen kein Raum. Auch ein Personenwechsel kann nicht genügen. Der
Kronprinz, ein Mann nicht ohne derbe Gutmüthigkeit, aber roh und jeder
politischen Einsicht baar, war von jeher eine Stütze der österreichischen
Partei, ein Freund und Bewunderer des Kaisers Franz Joseph; und von
dem Prinzen Georg, dessen Hochmuth und Bigotterie selbst in dem zahmen
Dresden Anstoß erregen, ist noch weniger zu erwarten. Zu vergessen
verstehen die Albertiner so wenig wie der Stuhl von Rom; die Sicher=
heit des neuen deutschen Bundes fordert, daß sie die Schuld der Väter
und die eigene Schuld durch den Verlust des Thrones büßen.

Es wäre ermüdend auch noch das Sündenregister des Welfenhauses
vorzuführen. Alle Welt weiß, wie der Neid des Welfenstaatsmannes

Münster auf dem Wiener Congresse sich anstrengte, Preußen um den Lohn seiner Siege zu betrügen, und dann dreißig Jahre lang Hannover den werdenden Zollverein bekämpfte. Das Welfenhaus ward ein anderes Geschlecht von Landschaden für Niederdeutschland, hemmte und quälte den Verkehr von Oldenburg, Hamburg, Braunschweig, Bremen und that sein Bestes, die Mündungen der drei herrlichen Ströme, die eine kurzsichtige Diplomatie ihm in den Schooß geworfen, nutzlos zu machen für die Welt. Sechsmal binnen fünfzig Jahren ward die Verfassung von Grund aus geändert, jede Sicherheit des öffentlichen Rechtes ist dahin, und seit der Thronbesteigung Georg's V. bietet der Welfenhof ein Schauspiel, das ein sittliches, gottesfürchtiges Volk niemals hätte dulden sollen. Wenn die Blindheit, statt die Seele des geschlagenen Mannes zu adeln und zu vertiefen, ihm selber eine Quelle der Lüge und des Hochmuths wird, dann ist es sündlich des Blinden zu schonen. Der Regierungsantritt des Königs erfolgte wider die Vernunft und, wie er selbst sehr wohl wußte, wider das Recht. Deutsche Geduld ertrug die Herrschaft eines Blinden, die, in einem kräftigen Großstaate schlechthin undenkbar, auf europäischem Boden bisher nur im byzantinischen Reiche geduldet worden ist. An Byzanz in der That, an die ärmlichsten Epochen menschlicher Verkümmerung gemahnen dieser König, der so lange den Sehenden spielte, bis ihm die Lüge zur Natur, jedes Wort, jede Miene zur Unwahrheit wurde, und diese nichtigen Höflinge, die auf solches Gaukelspiel gelassen eingingen. Alle Sünden des Welfen- und des Stuartblutes scheinen in dem unheilvollen Manne sich noch einmal angesammelt zu haben; seine knabenhafte Thorheit erinnert an Karl von Braunschweig, die frömmelnde Selbstvergötterung an Jacob II. von England. In der Enge unseres deutschen Lebens erscheint auch das Nichtswürdige kleinlich und darum komisch; aber wenn wir gedenken, wie dieser Fürst Tag für Tag die Langmuth Gottes herausforderte durch das Prahlen mit der Welfenherrschaft bis an das Ende aller Dinge, wie das Land Hannover in der Kirche Gott danken mußte für die wunderbare Errettung des Welfensprossen, der sich durchaus nicht in Gefahr befunden hatte, so müssen wir beschämt gestehen: frevelhafter als auf deutschem Boden ist Gott nie gelästert worden. „Zerstäubt sind die Juristenschnitzer, der höchste Herr ist Grundbesitzer," rief eine servile Adresse dem Könige zu, als die Verfassung wieder einmal gebrochen war, der Fürst sich ein Krongut ausscheiden ließ und unköniglich sein Land übervortheilte.

Seinen letzten Krieg hat der König begonnen buchstäblich um seiner unbeschränkten Herrschaft willen; erst der preußische Bundesreformplan, die Forderung das Heer unter preußischen Oberbefehl zu stellen trieb den Schwankenden nach langem treulosem Doppelspiel in das österreichische Lager. Der Frevel von Langensalza bildet das würdige Ende des Welfen= regiments; und gäbe es wirklich Deutsche, welche diese Blutschuld mit der militärischen Ehre rechtfertigen möchten, so muß doch das Verhalten des Königs während der Flucht= und Schlachttage auch den Gutherzigen empören. Erfroren in Selbstsucht und Dünkel stand er unter den un= glücklichen Truppen; er fand kein Wort der Güte, der Ermunterung für die Leidenden. Der Großherzog von Toscana war ein Vasall Oester= reichs wie unsere Fürsten auch, aber ein rechtschaffener Mann, und sein rasch entschlossenes Volk hat ihm doch die Rückkehr verboten. Auf unser Volk würde der Hohn und die Verachtung aller Nationen fallen, wenn nach dem Tage von Langensalza ein deutscher Stamm sich wieder unter das Joch des Welfen beugte. Auch in diesem Hause würde ein Per= sonenwechsel nichts fruchten; denn von dem Kronprinzen genügt es zu sagen, daß sein Vater ihn erzogen hat.

Von den Sünden des hessischen Kurhauses zu reden ist überflüssig. Der Geiz, die Willkür, der Bastardsunfug der Nachkommen des groß= müthigen Philipp sind längst ein europäischer Skandal. Die Beseitigung dieser Dynastie ist ein Gebot conservativer, monarchischer Politik. Die Demagogen, die Eckardt und Genossen, wissen sehr wohl, warum sie heute mit sentimentalem Phrasenschwall den standhaften hessischen Kurfürsten feiern. Allerdings, durch Fürsten wie dieser wurde auf deutschem Boden das exotische Gewächs jenes rothen Radicalismus groß gezogen, der in dem neuen Deutschland einer conservativen Staatsgesinnung, einer ernsten monarchischen Zucht weichen muß.

Es giebt in der That gutherzige Liberale, welche sich der Hoffnung getrösten, das restaurirte Kleinfürstenthum werde gezwungen sein liberal und preußenfreundlich zu regieren. Mit welchem Rechte dürfen die Liberalen auf einen Sieg ihrer Partei rechnen? Sie haben in dieser Krisis einen sehr mäßigen Grad von engerer Vaterlandsliebe, ja dann und wann eine verschämte Zuneigung für den preußischen Eroberer ge= zeigt und darum redlich verdient von der rückkehrenden Herrschaft miß= handelt zu werden. Kennen wir so wenig den Charakter einer Re= stauration? Daß blutig regiert wer aus dem Exile zum Throne gelangt, weiß schon der römische Dichter. Und wollte Gott, den Mittelstaaten stände eine blutige Gewaltherrschaft bevor, die alle edlen Leidenschaften zu

trotzigem Widerstande aufriefe. Die Tyrannei deutscher Kleinfürsten ist
gemüthlicher und ebendarum verderblicher für unser schlummersüchtiges
Volk, sie schleicht sänftiglich einher und weiß in der Stille alle Charak-
tere zu erdrücken. Der sächsische Hof wird zurückkehren, das Herz ge-
schworen von Haß und Rachsucht, er wird sich höflich in die Umstände
fügen und leise einige zarte Fäden hinüberspinnen nach der Hofburg
zu Wien, die des Tages der Rache harrt. Dann werden die Gens-
darmen die Listen der Preußenfreunde hervorholen, die sie unter der
allzu milden preußischen Verwaltung säuberlich angefertigt haben, die wichtigsten Aemter werden in die Hände jener Subjecte fallen, welche heute
die Proclamationen des Königs Johann colportiren oder den Pöbel von
Celle gegen die Preußen hetzen — lauter Maßregeln, die eine noch so
straffe Bundesverfassung nicht verhindern kann. Heinrichs-Orden und
Guelphen-Orden werden die Verdienste der Truppen im Kampfe gegen
Preußen belohnen, und der nach vollen Epauletten dürstende Lieutenant
wird die Geschichte der Schlacht von Langensalza schreiben. Vor uns liegt
eine Schrift: „der große Sieg der Hannoveraner bei Langensalza" — ein
Hymnus auf die Ueberwinder der Unüberwindlichen, dazu einige herzzer-
reißende Anekdoten von der weinenden Welfenkönigin und gerührten rauhen
Welfenkriegern. Wenn eine solche Schrift während der preußischen Occupation erscheinen kann — welche literarische Sumpfpflanzen werden dem
Pfuhle der kleinköniglichen Restauration entsteigen! Die Armeen von Sachsen und Hannover lassen sich nur dann ehrlich für die deutsche Sache
gewinnen, wenn sie kurzerhand dem preußischen Heere einverleibt werden.
Als preußische Regimenter werden sie mit den alten Truppen der Hohenzollern ebenso treu wetteifern, wie jenes thüringische Husarenregiment,
das heute als preußisches wie einst bei Wagram als sächsisches Regiment
den Oesterreichern furchtbar wurde. Bleiben sie in irgend einer Form
ein selbständiges Ganzes, so treibt der militärische Corpsgeist, der Stolz
auf die jüngsten Kriegsthaten unfehlbar eine Welt von particularistischen
Ueberlieferungen und Gehässigkeiten hervor, welche sie den preußischen
Kameraden entfremdet.

Vor Allem fürchten wir von einer Restauration die Entsittlichung
des Volks durch den Geist der Lüge, durch die Gleißnerei einer Loyalität,
welche nach den Ereignissen dieses Sommers mindestens von dem jüngeren
Geschlechte gar nicht mehr gehegt werden kann. Man male sich die Scene
aus, wie König Johann einzieht in seine Hauptstadt, wie der allzeit ge-
treue Stadtrath von Dresden den Landverderber mit Worten des Dankes

und der Verehrung empfängt, wie rautenbekränzte weißundgrüne Jung-
frauen sich neigen vor der befleckten und entweihten Krone, wie ein an-
derer Mahlmann die läppischen Gesänge der particularistischen Dichtkunst
erschallen läßt: „das Veilchen blüht, die Raute grünet wieder“ — wahr-
haftig, schon der Gedanke ist ekelerregend. Es wäre ein Anblick, wie wenn
erwachsene Männer mit Bleisoldaten und Schaukelpferden spielten. Fünf
Jahre lang ging der Taumel der Verbrüderungsfeste durch unser Land,
von allen Lippen troff die Versicherung deutscher Eintracht und Bruder-
liebe. Heute wissen wir, welch ein boshafter verbissener Haß die Brüder
im Süden von dem Volke des Nordens trennt; wir wissen jetzt, daß jene
brünstigen Betheuerungen im Munde der Einen liebenswürdige Selbst-
täuschung, im Munde der Anderen bewußte Lügen waren. Es thut noth,
daß die alte deutsche Wahrhaftigkeit wieder zu Ehren gelange in dieser
neuen Zeit. Im Namen deutscher Redlichkeit protestiren wir dagegen, daß
die fratzenhafte Lüge legitimistischer Huldigungen auf dem Boden des neuen
Deutschlands geduldet werde. —

Während wir dies niederschreiben, kommt die Kunde, daß in den
Friedenspräliminarien die Einverleibung von Hessen und Hannover entschieden, dagegen die Selbständigkeit Sachsens zugestanden sei. Gebe der
Himmel, daß die erste Hälfte der Nachricht sich bestätige: dann hoffen wir
mit Zuversicht, daß die zweite Hälfte nicht in Erfüllung geht. Ein Frie-
benscongreß ist kein Tribunal; Rücksichten auf Frankreich und Oesterreich
mögen die preußische Regierung bestimmt haben, bescheidene Forderungen
zu stellen und gegen den schuldigsten der kleinen Höfe eine ungerechte
Milde zu üben. Der preußische Landtag hat solche Rücksichten nicht zu
nehmen, er ist verpflichtet auszusprechen, was mit Ausnahme eines ver-
schwindenden Bruchtheils unbelehrbarer Radicaler alle Preußen denken.
Auch das deutsche Parlament wird erkennen müssen, daß es nicht mehr
an der Zeit ist, durch den Schein einer Uneigennützigkeit, welche in Wahrheit Schwäche wäre, um die Sympathien der Süddeutschen zu werben: —
wir wissen heute was diese Neigungen werth sind. In großen historischen
Naturprocessen entscheidet der erste Schritt. Die Kugel ist im Rollen,
kein Gott wird ihren Lauf mehr hindern. Es handelt sich nur noch
darum, ob unser Volk in großer Zeit jenem Lalenbürger gleichen will, der,
um das arme Thier zu schonen, seinem Hunde täglich ein Stück vom
Schwanze abschnitt. Die köstliche Ernte, die aus den blutbenetzten Fel-
dern Böhmens uns ersprießen soll, darf nicht verkümmert werden durch
jene Albertiner, die noch in dieser Stunde bei fremden Höfen um Hilfe

gegen Deutschland flehen. Es ist dafür gesorgt, daß mit dem Friedens-
schlusse das Schicksal Sachsens noch nicht endgiltig entschieden wird. Die
preußische Occupation wird so bald nicht aufhören. Dresden gilt nach dem
Urtheile kundiger Strategen als der Schlüssel des Elbthals, als eine Fe-
stung, deren Preußen zum Schutze von Berlin bedarf; die Stadt müßte
daher zur Bundesfestung erhoben, eine preußische Garnison in die Residenz
der Albertiner verlegt werden. Wenn dieser unmögliche Zustand in der
Hauptstadt, die Kriegskostenrechnung, die Einverleibung des Contingents
in das preußische Heer, vielleicht auch die abermalige Zerreißung des Landes durch den Verlust von Leipzig — wenn diese grausame Wirklichkeit
dem träumenden sächsischen Volke dicht auf den Leib rückt, dann muß sich
endlich die Erkenntniß Bahn brechen, daß es sündlich wäre, um eines
verblendeten Hofes willen ein braves Land so schwer leiden zu lassen.
Wenn die Mediatisirung eines Königshauses bei dem engen Familien-
zusammenhange der europäischen Fürstengeschlechter ein sehr schwieriges
Unternehmen ist, so wird doch die Rückkehr entthronter Höfe durch die
Macht der vollendeten Thatsachen noch ungleich mehr erschwert.

An das Volk der occupirten Staaten aber ergeht die Mahnung, endlich sich zu regen. Vor einigen Monaten schwärmte halb Deutschland für
das Selbstbestimmungsrecht der Schleswig-Holsteiner. Heute, da fünf
Millionen Deutsche vor einem Wendepunkte ihres Schicksals stehen, wagt
sich kaum irgendwo eine Willensäußerung, ein bescheidener Versuch der
Selbstbestimmung hervor. Eine sehr widerwärtige, eine leider echt deutsche
Stimmung herrscht in diesen Stämmen vor. Man würde sich doch schämen, wenn der alte Herr zurückkehrte, auch den Thronfolger wünscht man
nicht, preußisch werden will man auch nicht gern. An den Gedanken, daß
die schlechte alte Zeit für immer dahin ist, kann man sich noch nicht gewöhnen, noch hängt man an dem Glauben der Väter: die deutsche Einheit ist der Güter höchstes, nur hier bei uns darf damit nicht begonnen
werden. Da die deutsche Geduld nur von unserer Sentimentalität über-
troffen wird, und der Deutsche bekanntlich das Recht beansprucht, über
seinen Landesherrn zu schelten, aber sich erbost, wenn ein deutscher Aus-
länder ihm dabei helfen will, so regt sich sogar weinerliches Mitleid um
den gefangenen Kurfürsten. Aus Alledem entsteht eine zaghaft-verdrieß-
liche Verstimmung, welche binnen Kurzem, wie einst in Schleswig-Holstein,
zu particularistischem Trotze sich zu verhärten droht. Von allen Parteien
haben bisher allein die Particularisten rührigen Eifer gezeigt. Sie wagen
nichts dabei, denn Preußen wird nach der Einverleibung die legitimistische

Treue unbestraft lassen. Von den Freunden Preußens fühlen die Einen sich gebunden durch ihren Staatsdiener- oder Abgeordneteneid; unter den Anderen geht die Rede: „wir würden offen auftreten, wenn wir sicher wüßten, daß das alte Regiment nie zurückkehrt." Ja wohl, wenn wir sicher wüßten, daß unsere Kugel trifft, die des Feindes vorbeifliegt, dann würden auch die sieben herzhaften Schwaben den Heldensinn des Achilles zeigen! Wie ist es möglich, daß deutsche Männer solche Worte ohne Er- röthen aussprechen? Ist unser Volk, überreich an kriegerischer Tapferkeit, wirklich so bettelhaft arm an bürgerlichem Muthe? Und sollen wir, nach- dem die tapferen Ostfriesen mit der Sprache herausgegangen sind, den- kenden Männern erst versichern, daß es ein demüthigendes Loos ist für freie Bürger, annectirt zu werden, aber eine Ehre zur rechten Stunde das Nothwendige zu erkennen und zu fordern?

Vor Allem gilt solche Mahnung den Liberalen. Der deutsche Krieg ist begonnen worden ohne das Verdienst des Liberalismus. Diese Partei wird also nach allen Gesetzen historischer Logik in der nächsten Zukunft nicht zur Herrschaft gelangen; wir müssen zufrieden sein, wenn die con- servative Regierung, welche uns bevorsteht, nicht in ein reines Partei- regiment ausartet. Die Stellung, welche der Liberalismus zunächst be- haupten wird, hängt ab von dem Eifer, den er jetzt bewährt, das nicht von ihm begonnene Werk der Einigung Deutschlands zu fördern. Man mag es entschuldigen, daß Herr v. Bennigsen am 15. Juni sich weigerte, die provisorische Regierung von Hannover, die Graf Bismarck ihm anbieten ließ, zu übernehmen. In jenem Augenblicke war dem Uneingeweihten noch zweifelhaft, ob die preußische Regierung für den Vernichtungskampf gegen die Kleinstaaterei alle Kräfte des Staates einsetzen werde. Heute sind solche Zweifel durch die That widerlegt, heute ist es geboten, um des Vaterlandes willen die alten Parteirancünen zu vergessen. Die Versamm- lung zu Hannover am 12. Juli war ein erster rühmlicher Schritt; aber die Zeit eilt im Sturme dahin, schon jetzt gelten die Beschlüsse jenes Ta- ges nicht mehr, als weiland die donnernden Volksversammlungsresolutionen über „Gut und Blut" und „kein Fußbreit deutschen Bodens." Die Ein- berufung des Abgeordnetentags nach Braunschweig beweist abermals, wie schwer der unpraktische Sinn der Liberalen sich entschließt den Thatsachen zu folgen; denn wer jetzt noch nicht begriffen hat, daß in Berlin die Ge- schicke des Vaterlandes entschieden werden und jeder praktische Staatsmann Fühlung nehmen muß zu den in Berlin wirksamen politischen Kräften — der ist für die Politik verloren. Tausendmal haben die Liberalen von dem

Wegfegen der Dynaſtien geredet. Heute ſollen ſie zeigen, daß ſie Männer ſind, daß ſie bei jener Drohung nicht an das Wahngebilde einer hanno-verſchen und ſächſiſchen Republik, ſondern an Deutſchlands Einheit dach-ten. Zu ſolchem offenen Hervortreten gehört freilich der Muth ſich haſſen zu laſſen von dem particulariſtiſchen Pöbel. Starke Geiſter wie Cavour fanden immer ein ſtilles Behagen daran, wenn der unverſtändige Haufe ſie lärmend ſchmähte; uns Deutſchen gereicht heute zum Schaden, daß der preußiſche Staat ſeine einſichtigſten Freunde in den Kreiſen jener Mittel-partei zählt, welche ſich jederzeit ebenſo ſehr durch ihre Zaghaftigkeit wie durch Bildung und Edelſinn ausgezeichnet hat.

Die dankbarſte Aufgabe fällt der liberalen Preſſe Sachſens zu. Wohl-meinende, gebildete Blätter wie die Grenzboten, die Deutſche Allgemeine, die Dresdener Conſtitutionelle Zeitung, ſollten doch endlich ſich entſchlie-ßen, ihren Leſern reinen Wein einzuſchenken. Es iſt nicht mehr an der Zeit, der königlichen Leipziger Zeitung kleine Bosheiten zu ſagen; es ge-nügt nicht mehr leiſe anzuwinken und annexioniſtiſche Kundgebungen An-derer mit ſanftem Wohlgefallen zu beſprechen. In Tagen wie dieſe ſoll man das Herz haben, die Paragraphen des Albertiniſchen Strafgeſetzbuches zu mißachten. Preußens ſtarke Hand wird im ungünſtigſten Falle die treuen Freunde zwar nicht vor dem Uebelwollen, doch vor den Mißhand-lungen des reſtaurirten Kleinkönigthums ſchützen, und auf das Wohlwollen der Albertiner hat die liberale ſächſiſche Preſſe in langen Jahren ehren-werthen Kampfes längſt zu verzichten gelernt. Sind jene Blätter der Meinung, daß Sachſen unter einem unzuverläſſigen preußiſchen Vaſallen gedeihen könne, ſo mögen ſie verſuchen die Gemüther für dieſe Halbheit zu gewinnen. Bekennen ſie ſich mit uns zu der entgegengeſetzten Anſicht, ſo mögen ſie rund herausſagen: wir wollen nicht, daß ein von Gott und den Menſchen gerichtetes Haus zurückkehrt auf den verwirkten Thron; wir wollen nicht, daß unter dem breiten Schatten der albertiniſchen Krone das Geſchlecht der Freſe, der Matz und Wuttke eine Zuflucht finde und von Sachſen aus den Federkrieg führe wider den neuen deutſchen Staat; wir wollen nicht die Wiederkehr eines weichlichen Despotismus, der einen deutſchen Stamm von hoher Bildung und wirthſchaftlicher Tüchtigkeit in dem Zuſtande politiſcher Kindheit erhalten hat und in einem ſittlichen Volke das Unkraut der Kriecherei und des Denunciantenthums aufwuchern ließ. Bei der unſicheren rathloſen Verfaſſung der Geiſter in Sachſen kann ein tapferes Wort zur rechten Stunde geſprochen vielen Blinden das Auge, vielen Zagenden die Lippen öffnen.

Dreißig gräuelvolle Jahre verbrachte Deutschland vor zwei Jahr=
hunderten im unentschiedenen Kampfe wider das Haus Oesterreich. Sieben
Kriegsjahre brauchte Friedrich, um das Recht seines deutschen Staates
wider das Ausland zu behaupten. Heute genügte ein Feldzug von weni=
gen Wochen die Fremdherrschaft Oesterreichs zu brechen. Die Erfüllung
der deutschen Geschicke ist nahe, unser Volk hat endlich seinen Staat ge=
funden. Hätte die politische Einsicht der Nation gleichen Schritt gehalten
mit der wachsenden Stärke des preußischen Staats, so mußte bei dem
ersten Kanonenschlage dieses Krieges weithin durch den Norden der Ruf
ertönen: Anschluß an Preußen! Die Nation hat den großen Augenblick
versäumt, sie muß sich vor der Hand begnügen mit einem unfertigen Bau,
der halb ein Bundesstaat ist halb ein Einheitsstaat, sie muß zusehen, wie
sie haushalten will mit den überflüssigen, doch immerhin befreundeten klei=
nen Kronen im Norden. Die Aufgabe ist schwer; sie wird unlösbar,
wenn wir auch noch versuchen wollen, unversöhnte Feinde zu begnadigen
und künstlich wieder aufzubauen, was die Geschichte vernichtet hat. Auch
vom Staate gilt das Wort: „es bleiben todt die Todten, und nur der
Lebende lebt." —

30. Juli.